QUELQUES IDÉES

SUR LA PERCE

DES

INSTRUMENTS A VENT.

QUELQUES IDÉES

SUR LA PERCE

DES INSTRUMENTS A VENT;

Par le Chevalier de Canaule.

MONTPELLIER,
DE L'IMPRIMERIE D'ISIDORE **TOURNEL** AÎNÉ ET **GROLLIER**,
RUE FOURNARIÉ.

1840.

QUELQUES IDÉES
SUR LA PERCE
DES INSTRUMENTS A VENT.

§ Ier

Deux systèmes de flûte sont aujourd'hui en présence. Le nouveau système, dit de Boëhm, est encore, il est vrai, dépourvu de la sanction du temps. Néanmoins la supériorité en est déjà reconnue. Dès son apparition il s'est conquis les plus honorables suffrages, entre autres celui de l'Académie des Beaux Arts. Les nouveaux instruments sont adoptés par MM. Camus, Dorus, Valkiers, Coche, et par beaucoup d'autres artistes non moins consciencieux qu'il serait trop long d'énumérer. L'expérience des bons résultats obtenus par le système Boëhm ne nous manque donc pas autant que sa jeunesse

et sa nouveauté pourraient d'abord le faire croire.
Il n'est aujourd'hui plus permis de douter qu'il
n'ait pour lui l'avenir.

Depuis sa naturalisation en France, il a été
repris et remanié par nos artistes et nos facteurs
les plus distingués. Il marche donc à grand pas
vers la perfection, si même elle ne lui est déjà
venue. Par une meilleure division de la colonne
d'air, et une disposition de trous plus conforme
aux lois de l'acoustique, les flûtes se trouvent
maintenant parfaitement ajustées au tempéra-
ment de l'orchestre. C'est là probablement toute
la justesse que la facture pourra jamais leur
donner. Par la force des choses, le soin des
légères altérations des sons si impérieusement
exigées par la musique moderne, parait devoir
toujours être uniquement confié à l'habileté de
l'exécutant.

Les flûtes ainsi parfaitement ajustées, tout
est-il fini ? Oui peut-être pour les flûtes ; mais
non, évidemment, pour les autres instruments à
trous et à clefs. Il faut les faire participer aux
mêmes avantages, ils en ont le droit.

Ce n'est qu'à force de recherches que l'on
parviendra à découvrir les moyens les meilleurs

d'adapter le nouveau système aux propriétés spéciales de chacun de ces instruments, ainsi qu'à leurs conditions particulières de perce et d'embouchure. Cette appropriation du système, à des instruments pour lesquels il n'a pas été conçu, exigera souvent des modifications délicates. Elle pourra donc être difficile, mais elle n'est pas impossible. Des essais ont été faits qui méritent d'être encouragés. Avec de l'habileté, de la patience et du temps, on y parviendra.

§ II.

Ce dernier point obtenu tout sera-t-il fini? Au premier aspect on serait tenté de le croire. En effet, pour quelque instrument que ce soit, que peut-on demander de mieux qu'une justesse parfaite?

A notre avis, on peut en outre demander une plus grande facilité dans l'embouchure et le mécanisme de ces mêmes instruments. Le seul objet des spéculations de Gordon et de Boëhm, une grande justesse, n'implique pas nécessairement une grande facilité. En fait, à l'époque où ils s'en sont occupés, la justesse était le besoin le plus pressant. Allons plus loin, maintenant qu'elle est obtenue. Nous observerons qu'avant comme après Boëhm, les instrumentistes à vent demeurent toujours astreints à de fastidieuses études d'embouchure et de mécanisme. Rien n'a été fait non plus pour remédier à ces bizarres accidents d'insufflation, qu'on désigne ordinairement sous le nom burlesque de *Couaks*.

Quant aux doigters, s'il est vrai de dire qu'on a injustement accusé le système de Boëhm d'en augmenter les difficultés, il est également vrai qu'il ne les a point diminuées : la multitude de trous et de clefs dont l'instrument reste couvert, continue à exiger, comme par le passé, une main habile et exercée.

Les difficultés de mécanisme et d'embouchure ont donné naissance au présent écrit.

§ III.

Sous le double rapport du mécanisme et de l'embouchure, les instruments de cuivre sont les plus simples et les mieux partagés. Trois pistons, quatre au plus, leur suffisent amplement pour exécuter toute sorte de gammes chromatiques, passages figurés, trilles et gruppetti. Quoi de plus simple également que leur embouchure ? Elle n'est que l'extrémité quelque peu évasée du tuyau , auquel l'exécutant applique directement les lèvres, sans l'intermédiaire d'aucune anche, ni de quoi que ce soit. Ainsi l'exécutant et son instrument se trouvent tous deux dans le rapport le plus intime , et le plus propre à la facile modification du son.

Peut-on raisonnablement penser à quelque chose de semblable pour les instruments à vent de bois?

Les pistons leur sont totalement inapplicables. Cela est évident , et résulte de la nature inflexible des tuyaux de ces instruments. Il y aurait folie de songer à ce moyen.

Mais de cette impossibilité ne résulte pas une démonstration bien claire, que nous ne trouverons pas quelque ressource analogue , bien que nous soyons forcés de la puiser dans un ordre de choses tout différent.

Pour avoir plus de chances de rencontrer cet analogue , et en même temps pour procéder par ordre , commençons par nous demander ce que c'est qu'un piston. Nous examinerons ensuite comment il agit et la nature des services qu'il peut rendre. De cet examen jaillira peut-être une lumière qui éclairera nos sentiers et illuminera notre but. Nous reprendrons plus tard la question des embouchures.

§ IV.

Un piston, c'est un long bouchon creux, métallique, cylindrique, mobile et à ressort. Il est percé de trous qui suivent tous les mouvements imprimés à sa tige par les doigts de l'exécutant. Dans ces allées et venues il arrive deux choses : Les trous du piston tantôt se trouvent et tantôt ne se trouvent plus en regard de deux tuyaux, entre lesquels est établie une correspondance. Ce sont le tuyau principal de l'instrument et un autre tube annexe, destiné dans certains cas à servir d'allonge au premier. Suivant qu'on fait prendre au piston l'une ou l'autre des deux positions qui lui sont propres, les trous dont il est percé mettent en communication ces deux tubes ou les laissent isolés. De là dérive l'influence du piston sur le diapason de l'instrument. Le tuyau primitif est-il maintenu isolé ? Son diapason reste le même, comme de raison. Est-il allongé ? Son diapason baisse d'autant.

Par la nature des instruments de cuivre, le tuyau primitif suffit à lui seul pour produire une certaine série de sons. Ce tuyau allongé reproduit encore la même série, mais à un diapason plus grave. C'est donc en réalité une seconde série de sons qui vient se placer à côté de la première. Les ressources de l'instrument se trouvent ainsi doublées.

Un second, un troisième piston, mettant de la même manière l'instrument en rapport avec d'autres allonges de différentes longueurs, donneront naissance à de nouvelles séries analogues aux deux premières, et qui seront pour l'instrument de nouvelles richesses de plus.

Moyennant un choix habile de pistons, l'expérience a prouvé qu'on peut extrêmement en restreindre le nombre. D'un côté, on évite autant que possible les doubles emplois dans la production des sons. De l'autre, on les dispose de manière à ce que le mélange des sons des diverses séries comble les intervalles qui se trouvent entre les sons appartenant à chacune d'elles. Avec cette précaution, on obtient une gamme chromatique assez étendue, au moyen des six combinaisons fournies par trois pistons seulement.

Depuis quelque temps, on commence à en adapter un quatrième. Celui-ci n'est pas absolument nécessaire ; mais sa présence offre plusieurs avantages, sans trop compliquer l'instrument. Par ses combinaisons avec les trois autres, ce nouveau piston étend le diapason au grave, et donne naissance à plusieurs nouvelles séries. De plus, il favorise beaucoup certains trilles et gruppetti. C'est donc à tort qu'on laisse encore un grand nombre d'instruments de cuivre dépourvus de ce quatrième piston.

§ V.

Nous appellerons *fondamental*, le son le plus grave de chaque série. Les suivants à l'aigu en dérivent d'après certaines lois qu'on trouve dans tous les traités d'acoustique. Nous les désignerons, avec tout le monde, sous le nom de sons *harmoniques*, appellation peu exacte, mais usitée et qui n'offre aucun inconvénient. Il est à remarquer que le timbre des fondamentaux est en général très différent de celui des harmoniques. Dans la musique de cuivre, on se sert surtout de ces derniers, dont le nombre est beaucoup plus grand.

Les pistons agissent par abaissement. Ils exigent donc que l'instrument auquel on les adapte soit construit de manière à ce que le tuyau principal, pris seul, donne la série harmonique la plus aiguë de toutes. Le son fondamental de ce tuyau sera

donc aussi le plus aigu de la série des fondamentaux. Bornons-nous pour un moment à la
considération de cette dernière série , et compa-
rons-la à celle des sons graves sur les instruments
de bois.

La première remarque qui nous frappera , c'est
que les pistons agissent d'une manière précisément inverse de celle des trous. Ceux-ci exhaussent
le diapason de l'instrument , tandis que les pistons
l'abaissent. Aussi la construction des instruments
à trous est-elle précisément inverse de celle des
instruments à pistons. Nous avons vu que ces
derniers , pris comme s'ils étaient sans piston,
donnent le fondamental le plus aigu de la série.
Les instruments à trous, au contraire, pris comme
s'ils n'en avaient pas (ce qui se fait en les bouchant
tous) donnent le son le plus grave qu'ils puissent
donner. Cela devait être , car alors et dans ce
cas seul , leur tuyau vibre dans toute sa longueur.
Les instruments à pistons ont été construits pour
être abaissés ; les instruments à trous pour être
exhaussés. Ces deux espèces d'instruments sont
inverses l'une de l'autre.

En renversant l'inverse , on reproduit le direct.
Ainsi , pour arriver à des résultats directs , en

employant des moyens inverses, il faut avoir grand
soin de le faire d'une manière entièrement et sy-
métriquement opposée à celle dont on aurait employé les moyens directs : c'est pourquoi les trous
employés à l'inverse des pistons, pourront nous
donner les mêmes résultats qu'eux, si nous les avons
préalablement disposés à donner les mêmes séries
harmoniques. (Il n'est pas prouvé que nous ne
puissions pas y parvenir.) Seulement, dans l'exé-
cution, là où l'on ne touche point de pistons,
là, au contraire, il faudra ouvrir tous les trous,
par conséquent les employer tous. Là où l'on
touche à la fois tous les pistons, il faudra n'employer aucun trou, c'est-à-dire, les boucher tous.
Les trous bouchés sont sur les instruments comme
s'ils n'existaient pas.

Supposons un moment les trous capables des
mêmes séries harmoniques que les pistons, alors
nous serons sur la voie de la simplification cher-
chée. De même qu'un petit nombre de pistons
suffit, probablement aussi un petit nombre de trous
suffira. Seulement nous emploierons ces deux
agents d'une manière inverse.

Ordinairement, sur les instruments de bois, on
se prive de la ressource de la résonnance har-

monique. Si l'on voulait s'en priver sur les cuivres, alors il faudrait autant de pistons que sur les bois il faut de trous, par où éclate encore leur analogie.

Maintenant il devient donc intéressant d'examiner quelle est la nature des sons usuels des instruments de bois, de se demander s'il est vrai qu'ils soient privés de l'immense ressource de la résonnance harmonique, et s'il n'y aurait pas moyen pour eux d'arriver à un utile emploi de cette nature de sons.

§ VI.

Depuis quelque temps, sur les instruments de bois, on multiplie les trous et les clefs plus qu'on ne l'avait jamais fait. Néanmoins il n'y en a pas, à beaucoup près, autant que de sons à leur gamme : ceux-ci sont en nombre à peu près triple de celui des trous. Comme sur les cuivres, ils se divisent aussi en fondamentaux et en dérivés. Mais ces dérivés ne sont plus toujours de véritables harmoniques, et ne s'obtiennent pas tous avec le doigter des fondamentaux. Les plus aigus exigent même souvent des doigters tout à fait différents.

Sur les bois, les fondamentaux sont bien plus

nombreux que sur les cuivres. Avec trois pistons ceux-ci n'en ont que sept. Sur les bois il en existe au moins douze ; la clarinette en a environ dix-huit.

Le registre des dérivés peut se diviser en deux sous-registres , celui des sons qui s'obtiennent par le même doigter que les fondamentaux , et celui plus aigu de ceux qui s'obtiennent par des doigters différents. Les premiers seuls sont de véritables harmoniques. Ils sonnent l'octave des fondamentaux , sur la flûte , le hautbois , le basson ; et la douzième sur la clarinette.

Le registre des sons plus aigus n'appartient ni aux fondamentaux , ni aux harmoniques. Il ne provient que très indirectement des sons fondamentaux , avec lesquels il n'a nul rapport de sonorité et de timbre. Il se rapproche , au contraire beaucoup , par la sonorité , de celle du registre harmonique médium , et n'en diffère que par un éclat qu'on est souvent obligé de modérer.

Il serait donc à désirer qu'on pût au moins remplacer ce dernier registre , par un véritable registre de sons harmoniques , sonnant comme le médium , et se doigtant ainsi que lui par le même doigter que les fondamentaux. Outre ce qu'on gagnerait sous le rapport du timbre, il s'y joindrait de grands avantages. Les doigters difficiles et bizarres disparaîtraient. Tous les trilles, même ceux réputés infaisables, deviendraient faciles. On verrait aussi disparaître les positions douteuses de trous à plusieurs fins, qui ne sont jamais complétement justes pour aucune fin. Les instruments en seraient mieux percés. Les facteurs n'auraient plus qu'à disposer convenablement les trous pour les sons graves, qui engendreraient d'eux-mêmes les sons élevés. Nous avons déjà vu ce qu'on pourrait espérer d'en tirer sous le rapport de la simplicité du mécanisme.

§ VII.

Nous venons de voir qu'on n'emploie encore aujourd'hui sur les instruments de bois, qu'un seul registre de sons harmoniques, celui qui forme leur médium. S'ensuit-il de là que sur ces instruments il n'en existe pas d'autres, et qu'on ne pût pas en faire un utile emploi? On s'est depuis longtemps assuré du contraire.

Le physicien Sauveur, je crois, a remarqué le premier qu'on pouvait tirer des instruments de bois une série harmonique qui est identiquement la même que celle qu'on obtient sur les instruments de cuivre. Ce qui l'avait conduit à cette remarque (de la justesse de laquelle il s'est assuré par l'expérience), c'est l'observation fort vraie que, sur les instruments à vent, la colonne d'air est le véritable corps sonore ; et nullement le tuyau qui n'est que le corps répercutant. Cette colonne d'air se comporte toujours de la même manière, et d'après les lois de sa sonorité propre, quelle que soit la matière du tuyau. Celui-ci n'est qu'une manière de porte-voix qui reçoit le son, l'amplifie, lui donne du timbre et le réfléchit ; à peu près comme fait un miroir de l'image qu'on lui confie, qu'il reçoit et rend sensible à l'œil, mais qui existait avant lui.

Ce n'est pas à dire qu'on doive se montrer indifférent sur la matière des tuyaux. La grande différence de sonorité qu'on remarque entre les bois et les cuivres prouve suffisamment le contraire. C'est le tuyau qui donne au son l'éclat, la sonorité spéciale et le timbre ; mais il ne peut rien sur le diapason. Il n'est que le tuteur et l'appui du son, dont la colonne d'air est la mère. Il le nourrit, l'élève et le fortifie ; mais c'est elle qui l'a engendré.

§ VIII.

L'expérience de Sauveur et ses résultats ont été consignés dans deux livres lus par tout le monde, le Dictionnaire de musique de J.-J. Rousseau et la grande Encyclopédie de Diderot et d'Alembert. De là ils ont été reproduits dans tous les traités d'acoustique.

Néanmoins, oubliés de nos jours, ils gisaient dans les livres où nul n'allait les chercher. Rien n'avait encore été tenté pour en tirer, soit le parti que nous indiquons, soit tout autre plus avantageux.

Honneur donc à MM. Berbiguier et Coche, qui, réparant, autant qu'il a dépendu d'eux, ce honteux oubli, n'ont rien négligé pour remettre en lumière cette mine encore inexploitée. Ils l'ont remontée à la face du soleil, et ont su attirer l'attention sur les richesses qu'elle renfermait.

Peut-être ont-ils trop borné leur point de vue, et n'ont-ils pas embrassé avec assez de hardiesse l'horizon qui se développait devant eux. Néanmoins ils ont eu deux principaux mérites. Les premiers ils ont, dans leurs ouvrages, donné la liste à peu près complète de ces sons. En outre, ils ont clairement aperçu la facilité qui résultait de leur emploi pour exécuter certains passages et certains trilles, jusques là réputés impraticables. Ils ont vu en eux la source d'effets nouveaux, notamment des effets d'écho, auparavant peu usités sur la flûte. Enfin, s'ils n'osent pas encore les adopter pour tous les cas en général, ils les recommandent du moins vivement pour bon nombre de cas particuliers.

Ce n'est pas là, à notre avis, tout ce qu'il y avait à faire. On pouvait voir de plus haut et de plus loin. Mais c'est déjà être entré dans la bonne voie. C'est une vue bornée de l'avenir, mais qui n'en est pas moins saine et juste. Cette sûreté de coup d'œil est à elle seule un grand mérite, trop rare surtout pour ne pas être remarqué.

§ IX.

Ici arrive une question. Comment se fait-il qu'une ressource si précieuse ait été si longtemps négligée ? Son utilité possible n'a attiré quelque attention que de nos jours : au premier coup d'œil cela semble étrange. Sauveur, Rousseau, d'Alembert, pas plus que leurs contemporains, ne se doutent qu'un jour viendra où la réson-

nance harmonique sera une ressource de plus.
On ne conçoit pas bien la peine que cette vérité a
eue à se faire place et à se mettre suffisamment
dans son jour.

Cette bizarrerie n'est pourtant qu'apparente.
En voici la raison : sur les instruments de l'ancien système, tous ces harmoniques étaient faux
comme ils le sont encore. Les seuls usités, ceux
à l'octave et à la douzième, sont les moins faux de
tous. Néanmoins ceux-là même ne deviennent suffisamment justes que par l'adresse des exécutants.

Gloire donc aux inventeurs du nouveau système, à Gordon et à Boëhm. Les premiers, ils
ont percé des instruments justes, et opéré les
bonnes divisions de la colonne d'air. Ils ont
mis chaque série d'harmoniques en rapport de
justesse exact avec le fondamental générateur,
et toutes les séries différentes en bon rapport
entre elles. De tous les mérites de la flûte Boëhm,
celui d'une bonne résonnance harmonique a
passé le plus inaperçu. C'est pourtant celui qui
a le plus d'avenir.

Pas plus que ses prédécesseurs, Boëhm
n'a prévu que les nouvelles ressources harmoniques qu'il nous offrait, pourraient devenir

usuelles. Néanmoins leur justesse parfaite en rend maintenant l'emploi légitime , toutes les fois qu'il pourra nous être d'un utile secours. Peut-être tirerons-nous de là la simplification du système Boëhm lui-même. Mais , au point où nous sommes parvenus , ce n'est point encore une chose aisée. Il y a des précautions essentielles à prendre , et nous devons les indiquer. Nous tâcherons bien de ne pas être long , mais l'essentiel c'est d'être clair.

§ X.

Nous avons dit que sur les intruments de cuivre à pistons, on ne se sert que des sons harmoniques , et qu'on néglige à peu près entièrement les sons fondamentaux. Cela est si vrai , que ceux que les artistes prennent pour les vrais fondamentaux ne sont réellement que leur octave , et que beaucoup d'entre eux , même les plus habiles , ne sauraient donner les véritables sons graves de leurs instruments.

Cette assertion se justifie aisément au moyen de la remarque suivante : on sait que , dans la série des sons harmoniques , c'est l'octave qui se présente le premier ; vient ensuite la douzième ou quinte de l'octave. Or, le deuxième son de la série que les pistonistes obtiennent du même piston, est la quinte du premier. Celui-ci n'est donc réellement que l'octave du fondamental. Cela résulte d'ailleurs de la longueur de ces instruments, toujours double de celle que leur diapason semblerait indiquer.

Pourquoi ne fait-on sur le cuivre nul usage des fondamentaux, et se prive-t-on ainsi d'une ressource au grave ? Le voici : ces sons fondamentaux sont sourds au point d'être rémisses. De plus, ils sont difficiles à obtenir, durs, brusques et rauques. Ils ne sauraient donc être d'aucune utilité ; ils ne se marient nullement avec leurs harmoniques, au timbre à la fois mieux poli et plus éclatant. Il y a entre eux divorce irrémédiable.

Il est encore vrai de dire que, sur les cuivres, l'espèce de raccourcissement au grave, qui semble résulter de la suppression des fondamentaux, est plus apparent que réel. Le moyen d'y remédier a été trouvé : il n'y a pour cela qu'à construire l'instrument (comme on le fait toujours) de manière à ce que ses sons fondamentaux soient plus graves d'une octave que le diapason

:el qu'on veut lui donner. On regagne ainsi harmoniquement ce qu'on perd fondamentalement.
Cela se fait en donnant double longueur aux
tuyaux, qu'on recourbe ensuite de manière à
les ramasser autant que possible entre les mains
de l'exécutant. Cette recourbure se pratique toujours aisément, car le cuivre se prête volontiers
à telle forme qu'on veut lui donner. Ainsi dis-
paraît l'inconvénient d'une trop grande longueur.

Cet abaissement du point de départ des séries
harmoniques serait un inconvénient, s'il en res-
treignait trop l'étendue à l'aigu ; mais cela n'arrive pas autant qu'on pourrait le craindre. Pour
l'éviter, il suffit de tenir les tuyaux suffisamment
étroits de diamètre relativement à leur longueur,
et de ne pas trop évaser l'embouchure. C'est ainsi
qu'on obtient, pour le cor, un diapason telle-
ment étendu, qu'on est obligé de le partager
entre deux exécutants, exercés l'un au grave,
l'autre à l'aigu. Un seul artiste, à moins d'être
singulièrement habile, aurait beaucoup de peine
à le donner en entier.

§ XI.

Au rebours des cuivres, et, le basson excepté, tous les instruments de bois sont très courts, ce qui raccourcit d'autant leurs séries harmoniques, bornées à des sons aigus. Force était pourtant de leur conserver un diapason d'une étendue suffisante. Il a donc fallu ne pas former leur gamme uniquement de sons dérivés, et y donner entrée aux fondamentaux. Les inconvénients ne sont pas absolument les mêmes que sur les cuivres. Ici ces deux espèces de sons se marient mieux, les fondamentaux étant à la fois moins rémisses et moins durs. Néanmoins la différence des deux timbres est toujours sensible à une oreille exercée, et leur union n'a jamais pu être bien intime. Entre les mains d'habiles artistes, ce contraste, adroitement ménagé, peut, il est vrai, produire parfois des résultats heureux ; mais pour la médiocrité, qui partout est le plus grand nombre, cette différence de timbre n'est qu'un écueil de plus. Le service des fondamentaux est donc loin d'être parfait.

Voici des exemples. Sur la flûte, si brillante à l'aigu, l'octave grave est terne ; et même, sur celles de l'ancien système, quelque peu vague et indécise. Les compositeurs le savent bien : s'ils consentent à employer cette octave grave dans la seconde partie d'un duo, par contre ils ne l'emploient jamais dans la grande symphonie. Cette règle est sans exception.

Dans le bas, les sons du hautbois ont une tendance à canarder, et deviennent aisément désagréables et durs. Ceux du basson sont à la fois sourds et rauques ; ils contrastent, on ne peut plus péniblement, avec les sons élevés si pénétrants et si purs.

Sur la clarinette, les sons dits *du Chalumeau* et ceux dits *du clairon*, semblent appartenir à deux instruments différents, tant il y a entre eux incompatibilité d'humeurs ; encore de tous les instruments, la clarinette est-elle le mieux partagé, car chacune de ces deux qualités de son, prise à part, a son mérite qui, pour être spécial, n'en est pas moins réel.

§ XII.

Supprimons, pour un instant, les sons fondamentaux de la gamme usuelle de ces instruments ; ils y gagneront l'unité de timbre, cela tombe sous les sens, et la simplicité du mécanisme, comme nous allons le voir. Ils perdront bien du côté de l'étendue ; mais cette perte n'est pas irréparable, nous le prouverons bientôt. Nous demandons jusques là l'ajournement des objections dont la crainte de ce raccourcissement est le prétexte ou le motif.

On ne pourra jamais obtenir la simplicité que nous cherchons, tant que l'on conservera les fondamentaux dans la gamme usuelle. En effet, la distance entre un fondamental et son harmonique le plus rapproché est d'une octave ; il faudra au moins douze trous chromatiques pour la combler. Alors plus de simplification possible au système de Boëhm. Au contraire, entre les deux harmoniques consécutifs les plus distants, l'intervalle n'est que d'une quinte. Six trous chromatiques, les plus rapprochés du pavillon, suffiront pour le faire disparaître. Leur position naturelle (ou, à défaut, celle des clefs dont on les couvrira), les amèneront par trois, sous les doigts du milieu de chaque main ; chacun d'eux n'aura à surveiller qu'un seul trou, ce qui sera très facile ; les deux pouces et les deux petits doigts n'auront plus qu'à maintenir l'instrument, sans qu'aucun autre soin vienne les en distraire. Ainsi le mécanisme se trouvera parfaitement simplifié.

De plus, bien que bannis de la gamme usuelle, les six sons fondamentaux, provenant des trous conservés, ne seront pas pour cela sans utilité. Ils serviront dans certains cas à produire des effets de contraste, d'autant plus piquants, qu'ils seront plus rarement employés.

§ XIII.

Grâce aux découvertes réunies de Gordon et de Boëhm (et au moyen de l'emploi, par eux rendu légitime, des sons harmoniques), le problème de la simplification du mécanisme des instruments à vent et à trous se trouve donc maintenant ramené au suivant : *Supprimer les sons fondamentaux de la gamme usuelle des instruments à trous et à clefs, et la réduire aux seuls sons harmoniques,* SANS RESTREINDRE EN RIEN LEUR DIAPASON DANS LE GRAVE. Ou, en d'autres termes : « Faire regagner harmoniquement dans le grave aux instruments à vent, à trous et à clefs, ce dont on les privera fondamentalement. »

Il se présente bien tout d'abord un moyen

pour cela, celui déjà employé pour le cuivres; l'allongement du tuyau de l'instrument, de manière à placer ses sons fondamentaux une octave plus bas que les sons graves du diapason, qu'on veut réellement lui donner.

En fait de moyens, il n'en existe d'ailleurs pas d'autres; et, quand il en existerait, intrinsèquement ils ne pourraient pas être meilleurs.

Mais voici la difficulté : sur les cuivres cet allongement est sans inconvénient, car il est toujours praticable. Dans quelle circonstance le sera-t-il sur les bois? C'est ce qui nous reste à examiner.

A l'exception d'un seul, les instruments de bois en usage dans l'orchestre (et nous ne nous occupons que de ceux-ci) ont tous, nous l'avons déjà dit, le tuyau fort court. L'instrument au long tuyau, le basson, est-il incommode ou disgracieux? Nullement. Tout au contraire, sa forme est pittoresque et agréable à l'œil. Replié en deux sur lui-même, bien qu'il soit de bois, par un procédé applicable à tous les tuyaux trop longs, sa trop grande longueur se trouve ainsi dissimulée. Ses trous et ses clefs sont par-là naturellement ramenés sous les doigts de l'exécutant.

Aussi le basson se prête-t-il, aussi bien que quelque instrument que ce soit, aux passages les plus compliqués, aux traits et aux roulades les plus rapides.

L'allongement en question paraît donc pouvoir être pratiqué, sans inconvénient sensible, sur tous les instruments dont le développement ne dépassera pas celui du basson, et à plus forte raison sur ceux où il restera moindre. Ce développement, au reste, se dérobera très bien à l'œil, en repliant sur eux-mêmes ces instruments allongés, ainsi que cela se fait pour le basson. Comme pour le basson, la forme en sera pittoresque et agréable à la vue, les trous et les clefs seront ramenés sous les doigts de l'exécutant, et l'agilité des traits n'en sera point entravée.

Le seul inconvénient que cet allongement paraîtrait pouvoir entraîner, serait une diminution notable dans la sonorité des tuyaux. Cet inconvénient, s'il était réel, serait grave; mais il n'est pas sans remède. D'abord, le mal sera un peu moindre qu'on ne le craint, par suite de la suppression d'un grand nombre de clefs qui aujourd'hui pèsent sur l'instrument et l'assourdissent. Les trous devenus inutiles, se trouvant aussi supprimés, ne briseront plus la fibre du bois dans le sens de sa longueur, et cette circonstance contribuera à la rendre plus sonore. On y apportera ensuite des remèdes plus directs, soit en choisissant les bois les plus vibrants pour en confectionner les tuyaux, soit en évasant convenablement le pavillon en raison de la sonorité désirée. Un diamètre de tuyau un peu fort conduirait aussi à ce but; cependant nous ne conseillerons pas ce dernier moyen. Il donnerait, il est vrai, plus de corps aux sons graves; mais il paralyserait, ou du moins rendrait difficile l'émission des sons élevés. Il vaut mieux, au contraire, tenir les tuyaux un peu minces, ce qui donnera aux sons aigus plus de facilité et de souplesse. Les traits qui exigent une grande force ne s'écrivent d'ailleurs jamais dans le grave, où le brillant et l'éclat leur feraient nécessairement défaut.

Convenablement adaptée, une clef gouvernant un trou analogue à celui que sur la clarinette on appelle une *âme* (c'est la clef n° 13 de la tablature de Berr), pourra aussi être utile dans certains cas. D'un autre côté, peut-être aura-t-elle l'inconvénient d'amener des différences de timbre; c'est là une expérience à faire.

De tout ce dessus, il résulte que les flûtes, hautbois et clarinettes pourront être allongés sans inconvénient. Le basson les dépassera toujours de la moitié de sa taille. Cet allongement sera plus scabreux pour les cors anglais et de bassette ; néanmoins, il n'est pas impraticable encore. Pour le basson, il est le seul qu'on ne puisse raisonnablement pas songer à agrandir, bien que l'impossibilité n'en soit point démontrée. Il est pourtant plus sage de le laisser tel qu'il est et de se borner à le rendre juste, ce qui se fera en lui appliquant dans toute sa rigueur le système de Boëhm. Ainsi on remédiera à tout ce qui lui manque encore à l'endroit de la justesse, si l'on ne peut le faire aujourd'hui à l'endroit de la simplicité.

§ XIV.

Nous voici arrivés à la question des embouchures. De tous les instruments à vent de bois, la flûte est le plus populaire. Sans doute, elle le doit en partie à la brillante qualité de ses sons, surtout dans le haut ; mais il existe aussi beaucoup d'autres timbres excellents, et, sous ce rapport, la flûte rencontre dans l'orchestre des rivaux souvent heureux. Le hautbois à la fois si original et si expressif , si mordant et si doux ; la clarinette aux sons si veloutés , si pleins et si volumineux ; le cor anglais , véritable voix humaine ; le basson si suave et si pur , surtout dans le haut. Cependant , aucun de ces instruments n'a pu devenir populaire. La popularité de la flûte ne tient donc pas uniquement à la beauté de ses sons ; elle a un autre motif.

Ce motif , c'est la facilité et la sûreté admirables de son embouchure. Avec la flûte , point de sons canards , point de *couaks*. Il n'y a pas non plus à passer sa vie à ajuster et à regratter des anches. Cette dernière considération est à la vérité d'un ordre secondaire ; elle n'en a pas moins son influence sur bon nombre d'artistes et d'amateurs.

Il en est encore une autre qu'il ne faut pas dédaigner , c'est la facilité des premiers essais. Les sons obtenus sur la flûte par des élèves tout à fait commençants , pour être encore vagues et incertains , n'ont cependant rien d'absolument désagréable à l'oreille, ni de rebutant pour l'écolier. Il n'en est malheureusement pas ainsi sur les instruments à anche. Il faut souvent des années entières de travail et de dévouement pour en tirer des sons seulement supportables. Aussi leur étude rebute - t - elle un grand nombre d'élèves ; de plus, ils passent à bon droit pour ingrats et difficiles.

Pour les instruments à vent, le plus ou moins de facilité d'embouchure n'est donc pas chose indifférente. La facilité d'embouchure a popularisé la flûte. C'est elle qui fait la vogue actuelle du cornet à pistons. Encore par elle nos églises retentissent des sons bizarres du serpent, et nos forêts de ceux bruyamment rauques de la trompe de chasse. Avant l'invention des pistons, nos orchestres tiraient déjà de grands effets du cor, par la seule puissance de son embouchure. De toutes, celle-ci est à la fois la plus énergique, la plus suave et la plus simple. C'est elle qui rend le cor si particulièrement propre à la grande expression, par l'union intime qu'elle établit entre lui et l'exécutant. C'est elle enfin, qui fait du cor l'instrument favori du compositeur, car c'est celui qui rend le mieux sa pensée.

§ XV.

Comme le cor, la flûte s'embouche sans l'intermédiaire d'aucune anche. Comme sur le cor, les seules modifications du souffle et des lèvres y suffisent à l'émission du son. Cependant l'embouchure du cor nous paraît plus favorable et meilleure. A notre avis du moins, celle de la flûte est moins heureuse, et offre moins d'avantages à l'exécutant.

D'abord, la flûte n'est pas avec lui en rapport aussi intime. Tout récemment, il est vrai, il a été pratiqué, sur trois côtés du trou qui lui sert d'embouchure, une excavation qui permet d'en mieux approcher les lèvres. Mais elles ne peuvent pas encore s'y appliquer hermétiquement. Les sons en deviennent moins aisément modifiables, et plus difficiles à accentuer. Aussi la flûte passe-t-elle pour plus brillante qu'expressive. De plus, le vent se perd. Les sons en sortent plus veloutés, mais quelquefois un peu voilés, et, dans le bas surtout, ils sont sujets à manquer d'énergie.

Sur le cor, l'insufflation (réglée par la plus ou moins grande pression des lèvres sur les parois de l'embouchure) suffit seule pour produire des sons très purs, et d'autant plus harmonieux qu'il n'y a aucune perte de vent pour en diminuer la plénitude et la rondeur ; mais de plus, on y

met souvent en vibration les lèvres elles-mêmes.
On décide ainsi d'une manière beaucoup plus
prompte, beaucoup plus énergique et souvent fort
utile, la vibration de l'instrument. Cette seconde
ressource est entièrement interdite à la flûte,
qui par-là se trouve réduite à la première. Malgré
sa simplicité, ou peut-être à cause d'elle, l'embouchure du cor permet donc aux lèvres un double
mode d'action; et à côté d'effets harmonieux et
suaves, elle en admet de vigoureux et de puis-
sants. En vibrant elles-mêmes, les lèvres agissent
comme une anche et sont la meilleure de toutes.
C'est évidemment celle dont l'exécutant est le
plus maître et qui se trouve le mieux en rapport
avec ses moyens. Elle ne risque pas de canarder
comme le roseau, et n'occasionne pas non plus
de *couaks*. (Le cor y est bien quelquefois sujet;
mais c'est à cause de l'étroitesse de son tube.
Avec une embouchure du même genre, les bugles
et ophycléides aux larges flancs n'ont point cet
accident à redouter.) Une qualité que le cor par-
tage avec la flûte, est celle de supporter assez bien
la médiocrité, si tant est qu'en fait de musique,
la médiocrité soit jamais supportable. Cette faculté
tient encore à l'excellence de l'embouchure.

§ XVI.

Intimement unie avec l'exécutant, simple dans sa structure, double dans ses moyens et dans ses effets, l'embouchure du cor est la plus complète et par conséquent la meilleure de toutes. Chercher à l'appliquer aux instruments de bois, serait probablement une expérience bonne à essayer.

Elle a été faite, dira-t-on, et n'a pas réussi. Soit; mais comment a-t-elle été faite? Nous allons y jeter un coup d'œil.

L'esprit de système s'en mêlant, il a suffi qu'on appliquât au bois une embouchure de trompette, pour qu'on ait voulu obtenir des trompettes; on n'a obtenu que des trompettes détestables, et il n'eût pas été trop d'un miracle pour qu'il en fût autrement. Jamais il ne sera dans la possibilité d'une embouchure quelconque de donner au bois la sonorité du cuivre, de substituer à son timbre pastoral un timbre guerrier, et de remplacer ses molles et douces vibrations par les plus brusques et les plus énergiques de toutes.

Aussi n'a-t-on jamais obligé personne à choisir des tuyaux de bois pour en faire des trompettes. Nulle embouchure au monde n'en viendrait à bout.

Le choix des matériaux pour un instrument n'est pas et ne peut pas être une affaire d'embouchure. Les trompettes de bois n'ont pas réussi, parce qu'elles ne pouvaient réussir ; contre la force des choses rien n'a jamais réussi.

Un autre essai d'application aux tuyaux de bois de l'embouchure ouverte des cuivres, passe aussi pour un essai mal réussi. Je veux parler de ce malheureux serpent d'église, qu'on y entend bien moins aujourd'hui qu'autrefois. Très probablement même on finira par le condamner à un entier silence ; et c'est à désirer, tant certains de ses sons sont bizarres et affligeants pour l'oreille. Le serpent n'est donc pas un bon instrument, tant s'en faut ; mais ce n'est pas non plus un essai tout à fait manqué ; son existence séculaire prouve le contraire. A côté de ceux de ses sons véritablement détestables, il en possède aussi de très beaux, surtout dans le haut, où ils prennent un timbre mi-parti du cor et du basson. Leur beauté, il est vrai, ne leur profite guère ; elle ne paraît même bien souvent qu'une bizarrerie de plus, tant leur sonorité diffère de celle des sons avec lesquels ils sont *juxtà*-posés. Cette beauté elle-même fait cruellement ressortir la bar-

barie des autres intonations ; celle-ci, à son tour, rejaillit sur les bonnes et déflore leur pureté ; mais intrinséquement, la beauté des premières n'en est pas moins réelle, et il est juste d'en tenir compte. La bizarrerie des sons mauvais tient à la grossière construction de l'instrument, aux défectuosités de sa perce, et principalement à l'insuffisance et au placement inexact des trous, calculés uniquement d'après l'extension possible des doigts, et nullement d'après de bonnes proportions acoustiques. Mais la beauté des autres sons, assez forte pour surmonter tant d'obstacles accumulés comme à plaisir, doit nécessairement être attribuée à l'embouchure.

§ XVII.

Ne demandons jamais aux choses que ce qu'elles peuvent donner, sous peine de tomber dans l'absurde. Gardons-nous de demander aux bois les effets du cuivre, et ne rendons pas responsable des vices de la perce de l'instrument son embouchure, qui n'en peut mais.

Celle du cor, appliquée à des tuyaux de bois bien préparés, y réussira comme toutes les autres ont réussi. Comme toutes les autres aussi, elle aura ses effets à elle ; mais il faut, pour y parvenir, bannir l'esprit de système et savoir accepter, d'où qu'ils viennent, tous les bons résultats prévus ou non prévus.

Nous pouvons maintenant nous faire à nous-même une idée assez complète de la manière dont nous pourrions, d'après ce qui précède, nous établir un bon instrument.

Nous prendrons une embouchure ouverte du genre de celle des cors ; plus ou moins allongée, plus ou moins évasée, suivant le diapason que nous aurons choisi. Nous l'appliquerons à un tuyau d'un bois pris dans les conditions d'une sonorité convenable ; nous en calibrerons la perce avec soin, et y pratiquerons, à partir du pavillon, six trous chromatiques bien distancés, d'après les procédés de Boëhm. Nous en vérifierons la bonne résonnance harmonique, et cela pour chacun d'eux ; nous les couvrirons de clefs au besoin, toujours sur les modèles de Boëhm. Nous tiendrons les tuyaux d'un diamètre un peu étroit relativement à leur longueur, ce qui nous procurera la facile émission des sons élevés ; nous prendrons cette longueur elle-même double de ce que le diapason que nous avons choisi semblerait indiquer, nous souvenant que nous avons banni les sons fondamentaux de notre gamme usuelle. Nous replierons le tuyau sur lui-même, au moyen des procédés connus, afin que cette même longueur ne nous soit point incommode ; nous chercherons à lui donner une forme extérieure pittoresque et gracieuse. Nous évaserons convenablement le pavillon, afin d'en obtenir des sons d'un éclat suffisant, ni trop, ni trop peu sonores ; nous adapterons à notre instrument une *âme*, si nous la reconnaissons utile ; nous aurons enfin le bon esprit de ne lui demander que des effets conformes à sa nature. Toutes ces précautions prises, nous nous serons construit un excellent instrument.

Par suite du poli naturel aux sons harmoniques, il sera au grave, rond et expressif sans être brusque ; à l'aigu, velouté et brillant. En outre, il aura ses effets propres, qui ne ressembleront à ceux d'aucun autre et seront bien les siens. Il pourra prendre place à l'orchestre à côté de ses aînés, sans rétrécir la leur, et sa présence y produira des résultats inconnus jusqu'à ce jour.

Le fondamental le plus grave de notre instrument sonnera l'unisson de l'*ut*, quatrième corde du violoncelle, afin que son diapason réel puisse

4

commencer à l'*ut* de l'alto. Par suite de cette disposition, il sera de quelques pouces plus court que le basson. Il servira à combler un des vides de l'orchestre : car il tiendra fort bien l'emploi de *ténor* des instruments à vent ; emploi qui aujourd'hui n'est pas rempli, les cor anglais et de bassette ne s'y montrant que très accidentellement et seulement de loin en loin.

FIN.